JN325152

歩道叢書

ダイヤモンドダスト

樫井礼子歌集

現代短歌社

目次

平成六年～十二年

漁港　三
伯父　一五
階段　一七
長雨　二一
幼子　二三
渡船　二五
彗星　二八
沖海　三二
日蝕　三四
鉄塔　三八
冬季オリンピック　四〇
中央手術室　四二

森吉高原　四四
袋田の滝　四六
蘭　四八
二十世紀の映像　五二
スペースシャトル　五四
硫黄泉　五八
長　男　六〇
平成十三年
宇宙ステーション　六三
甘き匂　六五
老　父　六七
職　場　六九
獅子座流星群　七二

平成十四年
男女混合名簿　七五
カーン　七八
介護ベッド　八〇
甘藍畑　八三
平成十五年
夢の内　八六
尾瀬ヶ原　九〇
明十三陵　九二
通知票　九四
ゴンドラ　九七
平成十六年
暑き日々　一〇〇

漓　江　一〇三
台　風　一〇六
平成十七年
はかなき身体　一一〇
父逝く　一一三
化粧品　一一六
祭　一一八
御神酒　一二〇
ドナウ　一二三
国　境　一二六
平成十八年
古き写真　一三〇
モーツアルト　一三四

座礁船　一三六
眩暈　一三八
平成十九年
決心　一四一
退職　一四四
残雪の山　一四八
黄砂　一五〇
昼餉　一五四
豆腐　一五七
平成二十年
娘　一六〇
銚子上空　一六四
しだれ桜　一六六

遺　品　一六九
かなしみ　一七二
遠花火　一七四
移　居　一七七
平成二十一年
あかつき　一八一
山葵田　一八四
発　作　一八六
かぐや　一九〇
野辺山高原　一九四
気　配　一九七
済州島　二〇一
平成二十二年

雪　煙　二〇五
事　故　二〇八
タッチセンサー　二一一
蛍　二一四
御　柱　二一六
記　憶　二一九
冬の蜂　二二一
太陽柱　二二四
ダイヤモンドダスト　二二六
平成二十三年
白　鳥　二二九
早　春　二三二
伝言ダイヤル　二三四

心因性難聴　二三六
春更け　二三八
蕗の束　二四二
先生の墓　二四四
蜻　蛉　二四六
平成二十四年
雪　雲　二五〇
スーパームーン　二五二
金環日蝕　二五四
領土事情　二五七
放射霧　二五九
平成二十五年
ハムスター　二六二

フランス菊　二六五
生誕百年　二六八
白檜曾の森　二七〇
後　記　二七五

表紙カバー写真　樫井正明
表紙　左は爺ヶ岳
右は鹿島槍ヶ岳
裏表紙　左は五竜岳
右は白馬三山

ダイヤモンドダスト

平成六年～十二年

漁　港

平成六年

冬晴の光をかへす朝海とひと色にして船沖をゆく

浜とほく漁港を守る堤防がものものしく見ゆ
冬日に白く

水揚げの朝の埠頭にいくたびも鯖が網より押
し出されゆく

春日さす昼の埠頭に並びゐる漁船の甲板しみ
じみ乾く

時化てゐる海の汀のクレーン車寂しきものの
如くにうごく

伯父

閉ぢかけの扉の向うに病床の伯父去るわれに
手を合はせゐる

燃え尽きしばかりの熱を返しつつわが伯父つひに御骨とぞなる

二十年前なるわれを迎へくれし伯父すでに亡くこの街歩む

家間の向うに見ゆる物無くて河口に沿へる街の寂しさ

階段

女生徒を慰め帰る春宵に幼きころの悔よみがへる

梅雨晴の昼日にかわく牛舎にて今日は牛等の匂の淡し

しづかなる乳牛の群暑からん扇風機の音牛舎にこもる

憚からず階段を踏む音のして幼子なりに用のあるらし

惚けると言ふにあらねど夜をこめて些細な物を父探しゐる

われと子の遠き婚家に戻るとき八十の父眼に
力なし

チベットの高気圧延びてゐるといふ夏空今日
もひたすら青し

料理屋に隣るわが家酔客の喧噪絶えて夜の更
けゆく

通りより月を讃ふる声のしてやうやく涼し宵
のわが部屋

就職を勧むる生徒同年の子らよりひときは幼
く見ゆる

懺悔する如き思ひに待ちてをり危き検査うけ
ゐる夫を

緊張の日々やうやくに過ぎたればたちまちに
して肩凝り覚ゆ

長雨

平成七年

病院に病むその父も読まれんか生徒讃へて通
知票書く

灯なき道帰り来て満月と関はりのなく森のしづけさ

黒々と冷えゆく椎の森の間に月の輝く利根川が見ゆ

おもおもと花粉を保つ杉の樹の春の嵐にかたむき揺るる

萌え出づる前にて力《ちから》みなぎらん長雨に黒し木
立も土も

幼子

利根川の河口に橋のなる工事まづ橋桁がビル
のごと建つ

家ちかき河口は暮れて照明に白く輝く橋桁がたつ

夕べより具合の悪き幼子がわれを見てをり顔の小さく

遠雷のながく聞こえて蒸し暑き宵に幼はいねがたくをり

ほてりたる肌のままなる幼子を出迎ふ今日も
よく遊びけん

平成八年

渡《わたし》船《ぶね》

家ちかき夜の踏切駅出でしばかりの電車重々
と過ぐ

変りなく父母の住む家秋庭に黄の鮮けきへちま花咲く

わが家に来る幼らの定まりて同じ口調に娘と遊ぶ

今日限り廃止とぞなる渡船《わたしぶね》常より多く人ら乗りゐる

幼子の教室に来てわれを待つ瞳たちまち安らぐが見ゆ

かすかなる音して空気清浄機花粉症を病むわが部屋にあり

彗星

光無き丘にし立てば彗星のある全天に吸はるるごとし

灯なき夜の丘にて大根は音する如く畑にあふるる

利根川のほとりに立ちてあふぎ見る今宵の彗
星西にかたむく

ひとつ波盛り上がるとき自らの勢ひにより滑
らかになる

盛り上がり散る波頭自らの白を映して浜の辺
すがし

波くだけたゆたふ水泡の満つる浜犬吠の午後
暑くしづけし

することの多くし在ればわが内に轟く如く力
みなぎる

暴風雨警報解除の午後の空光の満ちてゆく雲
はやし

まぢかくに霧笛が太くひびきつつ昼凪の波や
はらかに寄る

たそがれて影もつ家並のあひだより光を放ち
ゐる水路見ゆ

ひとり言《ごと》いひつつ磯に貝取りて幼の遊び果つ
るともなし

沖　海

潮しみて黒き岩山吹く風にせはしく揺るる黄菅の花は

かるき音して磯に寄る夕波に満ちくる潮の気配はやあり

曇天の鹿島の灘は暮れ果てて雲間あらんか沖
海あをし

灯を点し港出でたる漁の船たちまちちひさき
光となる

夕凪の海に出でてゆく漁船航跡ながく残照か
へす

甘藍のさながら息づき冬畑にひくく霧たつあたたかき朝

日蝕

平成九年

快晴の空に日蝕すすみつつ地上のあはき色いたいたし

蝕尽の隅なき光差すめぐり屋根のするどき陰影さびし

故郷の電車に乗れば駅の名も車窓もなべてわれを慰む

方向感なく響きゐる沢音はむかひの白《しろ》馬《うま》岳《だけ》より来《きた》る

みづからの衰へ言ひて老父が次の帰郷をわれにうながす

幼子の手を取り頭をなでながら別るる老父健かにあれ

強風のをさまりし夜尾を二つ引ける彗星いよいよ白し

弾みある声と足音響かせて雨もよひの午後子が帰り来る

目覚めつつ今日の職務に奮ひたつかくしてわれの盛期過ぎんか

誤解して咎めし生徒の顔思ひ心のさわぐ夕べ帰り路

鉄塔

おのおのに膨み増して寄る波の結末見てをり
他愛なけれど

おほどかに生きたしと思ふ現身は無断欠勤の
夢にをののく

利根川に近きわが家鴨を撃つ音ひびきくる雨のふる朝

南極に送信する任なくなりて無線の鉄塔解体さるる

緊張感なきこの丘は鉄塔の消えたるゆゑか夕雲厚し

冬季オリンピック

平成十年

待ちをりしオリンピックが故郷に開催されて
われも来りつ

華やかにオリンピックの村となる白馬は雪降
るゆゑにしづけし

つぎつぎに選手飛びゐるジャンプ台五竜《ごりゅう》颪《おろし》に雪交じり降る

生徒らが従ひくるるに慣れたるを驕る心と戒めんとす

生徒らを探し歩けばまだ高き夕日に透きて稲田かがやく

わが性と合はぬままにて二年過ぎ生徒の一人
卒業しゆく

中央手術室

哀調の曲の流るるパソコンのゲームを幼がひ
たすらにする

堂々と物言ひできぬわが子ゆゑその強き友に
従ひ遊ぶ

午前九時中央手術室に行くベッドの群に娘の
まじる

われの乗る列車に人身事故ありてその音なが
く耳に残れる

森吉高原

ひもすがら雨降る森吉高原に黄花《きばな》秋桜《こすもす》自生して咲く

ささやけき水力発電所のほとり芒のあかき穂の群れつづく

針桐に蔓紫陽花のまつはりてともに古りつつ
橅山に立つ

わが死後のごとき心に三十五年前に住みたる
村を巡れる

台風の後の街路樹潮風にあまた枯れゐて街生
気なし

台風の潮風に葉の枯れゐたる桜かへり咲く十月半ば

高台の霜降る畑にさえざえと甘藍ならぶみつる荘厳

袋田の滝

平成十一年

まのあたり凍れる滝に細ぼそと流るる水は緩急のあり

氷瀑の頂の端に朝日見えたちまち光流れ落ち来る

こほりたる滝の頂湯気ひくく立ちたるが見ゆ朝日に透きて

こほりたる滝に日の差し凄まじき反照として
木々の輝く

父も母も老いたる家に四日ゐて高棚の荷を下
ろし帰り来

蘭

生れしより養護施設に育ちたる生徒涙し卒業しゆく

病院に名前呼ばれて無造作に生徒呼びゐしわれかへりみる

雨あとの雲海上をはやくすぎ太く立つ虹消長のあり

九歳の娘が髪を洗ひをりいつしか背《せな》の長くなりたり

通りにて子がのびのびと遊びゐるわが関はらぬその声とほし

たよりなく娘の病めば大量の仕事ある日に休みて憩ふ

不適応生徒の母の呉れし蘭やさしき花の季ながく咲く

穏やかに語らんとしてわが心鎮めてをりぬ夜の教室

二十世紀の映像

北風の強く吹く夜まぼろしのごと轟きて電車が過ぐる

幾たびも二十世紀の映像がテレビに流るる年末の日々

グリニッジ正時に二〇〇〇年過ぐる時息子は
やうやく退社するとぞ
家ちかく鐘楼建てば除夜の鐘撞くとて老母の
喜びて行く

スペースシャトル

平成十二年

河口の流に反映揺らぎつつ二〇〇〇年の朝初日のぼり来

今日もまた所変りて庭に在る娘の毬を帰宅して見つ

気弱なるわが子に代り隣人の十歳の子に弁解をしつ

寒月に冴ゆる中空ひとすぢにスペースシャトルの輝き移る

家間に淡く見え初めたちまちに光鋭しスペースシャトルは

いさぎよく光を放ちエンデバーさながら流星
の如く過ぎたり

十三夜の中天限り過ぎてゆくスペースシヤト
ル音する如し

朝凪の利根川河口に蜆取る船の航跡日にかが
やける

なにがなし心のさわぐこの夕べ蜆はかすけき音し煮えゆく

つつましき連《つれ》を伴ひ長男が来たり幼き面影はるか

硫黄泉

しづかなるオホーツクの海いくすぢも潮重なりて広く輝く

硫黄泉の流るる滝は酸性につよき藻育ち岩緑なす

晴れわたる朝明にして雌阿寒の頂あかく闇空に立つ

古里にむかふ列車に古里に多き姓なる車掌巡り来

四十年眼をしわづらふ老父に請はれて坂口安吾を読みき

長男

みづからの行ひやうやくかへりみる心臓よはき夫が病む日

十月の桜並木に萌えいづる若葉のかるく風に吹かるる

気丈にて勤《いそ》しみ来《きた》る長男が今日うつくしき嫁
を迎ふる

あたたかき初冬の宵に水痘を病む子は火照り
たちまち眠る

やうやくにいねたる夜半階下よりごみの袋の
緩む音する

平成十三年

宇宙ステーション

残照の空にあらはれ移りゆく宇宙ステーションきよき輝き

金星のかたはら過ぎてわがうへにいよいよ近づく白き光は

わが上空四百キロにさしかかる宇宙ステーション光増しつつ

仄かなる光を曳きてわがうへを宇宙ステーションたちまちに過ぐ

建設の最中とぞいふ宇宙基地早春の空にうつくしく飛ぶ

かの光の中に働く飛行士らわが連想のとりとめもなし

淡光の宇宙ステーション移りゆき北闇空に紛れて見えず

甘き匂

やうやくに子の癒えゆくかやはらかに屋根に
音して雨の降る夜半
ゆくりなく子の友ら来て菓子を焼く甘き匂の
満つるわが家

わが子をば親しく呼べる声のあり階下にさざめき遊ぶ少女ら

超音波の映像の中ためらへる如く乳房に針の入りゆく

過去のごと大事はなしと思へども診断待てば不安増しくる

老父

花太く咲き群るる今年の蒲公英を老父讃へ春長けてゆく

吹き盛る夕風の音隣室の父の独言交じりて聞こゆ

しばらくを庭に過ごしてをりたるがたちまち
深き寝息の父よ

細やかに歴史を説きて変りなき父と思へど時
に蓬くる

孤高にて生き来し父がゆくりなく人に優しく
せよとこそ言ふ

その動作緩慢なれどわれ父を畏るるこころ今に変らず

職　場

この職場にストレスもつはわれのみにあらずとこの頃しみじみ思ふ

心足る勤ならねど果すべき仕事多きを慰めとする

とほくより光り見えしが近づけば白のさびしく蕺草《どくだみ》群るる

気概なく始めし仕事も難のなく終ればこころ充ちて帰り来

苦しみてやうやく学期終りしか曇より差す夕日するどし

台風のあとの利根川夥しき芥つらなり海にし下る

今日もまた台風のあとの河口に膨むごとき水を見送る

たちまちに台風去りて海空の東半天に太き虹たつ

おろおろとテロリストらのニュース見る戦争知らぬわが昂ぶりて

獅子座流星群

ふとき光ほそき光と全天に獅子座流星群降りやまず

淡緑の流星痕はおもむろに両の端より消えて果てなん

大きなる光球流れ一瞬の残照あれどふたたび暗し

灯なき丘にしをれば大根の畑吹く風の寒き音する

日の未だ上らぬ晴天おもむろにゆく飛行機の空より暗し

平成十四年

男女混合名簿

古里の電車にをれば父母のごとき口調がしばしば聞こゆ

むづかしき父に添ひ来し五十年母の諦観尊ぶ
われは

この街に勤めて十月《とつき》帰り路に慣るるともなく
惣菜を買ふ

曇日の広き水田さびしさの極みにて送電塔の
つらなる

小言いふわれにしばしば抗へる娘のやうやく
大人ぶるらし

嫁ぎ来て毎夜聞きをり隣なる魚屋に残滓処分
する音

今年より男女混合名簿使ふ男も女も不平言ひ
つつ

カーン（サッカーワールドカップ）

極まりて強き者人を安らげんゴールキーパーカーン雄々しき

決勝の勝者敗者の受くるべききき《つ》き結末諾ひて見き

祝福を受くる対戦相手より離れ声なし敗者らの群

悔しさの募れば一人にて居たからんゴールの中よりカーンは出でず

甘藍の収穫をはりし広畑の土やすやすと豪雨に流る

大雨の止みし港のいたるところ漁船に鰯の水
揚げすすむ

大雨の兆とぞいふ蟹の来て利根川の辺のわが
家を歩む

介護ベッド

久々にふるさとの夏の祭見る母の見舞に遠く
来りて

五十年父に仕ふるのみの母めぐりに気遣ひ入
院してをり

母のゐぬ家にて残る九十の父より助けを請ふ
電話あり

十六年断絶してゐし父と兄父病みたればこころの通ふ

ありがたく父母ともに退院す公的介護にすべて託して

老父母の住めるる家にてつぎつぎに介護ベッドが運び込まるる

今ごろは送りし魚食ひゐんか今宵もとほき父
母おもふ

甘藍畑

窓外にものちぎれ飛ぶ音激し風速五十二メー
トルの風

たちまちに台風過ぎんまだ強き風の吹く間に
虫鳴き出づる

停電のわが街の上闇空に向き定まらず黒雲うごく

台風を経て育ちたる甘藍の畑にひくくわたる
朝霧

今年また台風あとの晩秋の空にあかるく欅若葉す

教員に向かぬ性かと思ひつつこのうつしみはながく働く

礼を欠く物言ひをする生徒らにいつしか慣るるわが是非もなく

平成十五年

夢の内

いくばくか日延びのしたる夕暮は畑も林も恵みの光

あきらかにわが血縁の性ならぬ娘にをりをり
戸惑ふことあり

逃れえぬしがらみありてうつしみは夢の中に
て怒りをりたり

家ちかく高らかに鳴く鶏のゐて寒ゆるむ夜は
その声ながし

かつてわが憧れし文明発祥の大河はすでに戦
争の内

傍観と言はんかわが見る映像は最新鋭の戦《たたか》ひ
のさま

潮息吹こめたる海辺にめぐりゐる燈台の灯の
光線ふとし

日曜に居眠りしたる夢の内おろおろ仕事の続きしてをり

梅雨入りの前ぶれとして海めぐるわが街きのふもけふも霧降る

梅雨晴に凪ぎわたりゐる九十九里浜漁船の去りたる昼海ひろし

尾瀬ケ原

白樺の榿水林あれば川音の近く聞こゆる湿原
の内

夕かげり立つ湿原にひとり聞く遠き沢音近き
川音

朝明けの四方の沢より水音はこだまの如く湿原めぐる

早朝のきすげの花を移りつつ鳴くよしきりのその声とほる

明十三陵

五年後のオリンピックに備へんと古き家々都市に毀たる

近づきし燕山山脈風つよく吹く山肌のあらはに赤し

わが身をば圧する如き蟬しぐれ明十三陵の参
道暑し

丈たかき柳の並木幾百の蟬鳴きわたり消長は
げし

八月の東の空に大きなる火星光りて寄り来る
ごとし

月ちかく火星の見ゆるこの宵に利根川の辺の
虫しきり鳴く

通知票

残照の空にそば立つ灯台にともり初めたる光
は緑

十九にて逝きし子の父訪へば命日のけふ饒舌にをり

四年前われの書きたる通知票亡き子を悼みその父が読む

高台をゆく電車見ゆ昼なれば窓におのおの空透きてゐる

大雨の予報の出でて予め海鳴りふとく職場をおほふ

満月の照るわが街に下りゆく果てに鹿島の海輝きて

病むとなく背に痛みあるこの日々におよそ意欲の失せて働く

ゴンドラ

寒風の吹くコロッセオいにしへの窓よりおの
おの青き空見ゆ

冬の日のあまねく差して北限のオリーブ畑銀
にし光る

糸杉の苗畑つづき朝の日が鋭きおのおのの先
端照らす

フイレンツエの郊外の朝村あれば靄あをくた
ち低くたなびく

暮れ果つる狭き運河をなほ黒きゴンドラ帰る
小さき灯揺れて

ヴエネツイアの冬の運河の暮はやし波ひえび
えと家壁に寄る

肉親の争ひありて継がれこしスフオルツア城
は雨にけぶれる

平成十六年

暑き日々

否定して来し学習塾に娘をば連日送るわれの
現は

ひとときの華やぎとして夜の更の無人駅にて
電車停まれり

安曇野の広田に隣る父母の家日すがら水路の
音聞こえゐる

船団の去りたるあとの沖の海時無き如く日に
照りてゐる

金属のごとき光を放ちゐる鰯盛り上げトラック
が行く

若き日に好みしクイーンのＣＤを娘が買ひて
幾度も聴く

雨の無く暑き日々にて生徒らの靴音さへやか
たく響き来

風吹けど暑さのつのる昼街に防災無線の声こだまする

漓　江

地底湖にめぐりの鍾乳石映り無限に深き淵として見ゆ

冠岩の鍾乳洞に落つる滝地の底ゆゑにとほく
響ける

岩山のそばだつ漓江を行く船にをれば岸壁船
音かへす

木の低く生ふる岩山近づけば蟬の声満つ漓江
のほとり

うすぐもる桂林の空岩肌の赤くするどき峰々けぶる

薄日射す漓江の砂洲に草を喰ふ水牛の群くろく光れる

あを淡き峰の頂幾重にも連なり霧にうかぶごと立つ

広々と遺跡を覆ふ博物館兵士俑四百ひとかたに向く

始皇帝の陵のなだりはいちめんの石榴の畑朱実が光る

台風

台風の眼に入りたるか側溝に雨水流れ入る音
聞こゆ

最強という台風の眼に入りてわがうへの曇空
高くなる

冬空に日のかがやきて単調に物音聞こゆ午後
の教室

そのうへに月渡るらし片雲の縁かがやきて寒天に冴ゆ

共通の思ひあるゆゑゆくりなく会ひし人らと六時間語る

（ペ・ヨンジュン写真展）

他愛なきことに費やす日々過ぎてかかる己れを自ら許す

放牧の牛らを見ればグループのありてそれぞれ排他的らし

鱗雲のうへなる冬日高く見え神の啓示の如く日の差す

平成十七年

はかなき身体

老父の弱りたまひて会ひに行くプラットホームに降る雪あかし

衰へし父をあはれみ慰むる母よ長年畏れをりしに

倒れたる父抱き起こせばあな軽しはかなき身体ベッドに運ぶ

老父を運ばんとして抱へればその足すでに生気失せをり

思ふやうにならぬ身体嘆きつつ無理言ふ父に
声挙げ諭す

長年の確執あるに衰へし父を看取りて兄かひ
がひし

ベッドにてわれに手を振る父のこと去りがて
にして永遠《とは》に忘れず

父逝く

この父のもとに生まれてわれ有りと御霊の前
につくづく思ふ

わが父の好みし風景芽吹きゐる木々の間を霊
柩車ゆく

存命の父に温かなる言葉かけざりきわが悔かぎりなし

幾度かわが名を呼びて待ちしとぞ少き見舞今さら悔む

名を呼べば青く照る花父となりわれに寄り来つ今朝方の夢

五十年畏れ仕へてこし母が父ゐぬ家の寂しさを言ふ

常念の残雪見ゆるわが父が長年かけて選びしこの家

化粧品

宵霧のわたりて暗き丘の前電車がゆつくり高き土手行く

梅雨に入り鹿島の海より霧流れふかぶかと満つわが家のめぐり

わが知らぬ化粧品いつしか増えてゆく十五の
娘の部屋よそよそし

父逝きて三月激しく嘆きたきものを未だに実
感のなし

トラックも群れ飛ぶ鷺も昼過ぎの遠き田の中
あひ似て光る

祭

とほくよりアナウンスの声聞こえきて母住む
村の祭に出遭ふ

気がつけばわれのみならず携帯のメール送り
て乗車を知らす

おのおのの色の異なる稔り田に埋まる如く人
らが通る

上空より見ゆる九十九里台風の直後にて沖に
泥水及ぶ

椎の木に見え隠れする中秋の月あり光も影も
透りて

退職をして暇ある夫にて共に出掛くること多くなる

御神酒

責のある仕事終れば当然のごとく今年も体調悪し

かつて父と二人来りき同姓の墓にいよいよ父
の納まる

甦る父のことばよ底冷えの墓に御神酒と米を
捧ぐる

をりをりのきつき口調に自らが驚くことあり
あはれこの性

あらかじめ電車の音の長々と聞こゆる今宵寒きはまらん

ドナウ

北欧の上空はやも夕焼をあはくとどむる冬の雲海

しめやかに街音わたる眼下に凍るが如く黒し
ドナウは

ブダペストの朝街いづこもマロニエの冬木が
雨に濡れ黒く立つ

眼下の森の続きは国境ぞ雪雲切れて暮れゆく
ところ
（ブラチスラヴァ）

いつせいにビルが群なし建ちてゆくドナウの
寒く流るるかたへ

クリスマスミサなれば人の無き道に熱きワイ
ンを売る店のあり

明け遅きウイーンの街にて教会のしづまるク
リスマスミサの後ゆゑ

薄明の中にマロニエ揺れゐたり青白き月高く照りつつ

暁の教会の前ひかへめに電飾つきて樅の木ゆるる

国境

徐に雪深く積む山となりしづかに明るむ国境を過ぐ

いくたびも戦あれば国境に接して相似る二つの村は

したたかに生くる村にて国境の山路に闇の市
を商ふ

夕暮のプラハを流るるモルダウに群るる鷗の
白が灯に映ゆ

諸々のおもひをもちて人生きんカレル橋の辺
喧噪満ちて

民族の思ひにひたすら忍びこしチエコの無血
革命尊し

四か月前に弾圧ありしとぞプラハの広場に人
ら歌へる

市たてば広場に集ひ売る人ら安けきさまに営
みてゐる

ドレスデンの街の灯とほく塔の影おぼろに見えて雪降りしきる

いつせいに街灯消ゆる薄明につつましき朝始まらんとす

ベルリンの雪の路上に赤黒き鉄の敷かるるかつては国境

平成十八年

古き写真

胸ぬちを語らず父の逝きたまひわが悔深く年改まる

弓道場に背をし正して矢を放つ娘の姿涙ぐましも

心臓に病ある夫いたはるとなく日々のゆく悔深けれど

ストレスにたやすく萎ゆるこの頃は投げ出したき事多くあり

父の撮りし古き写真の凡そは兄とわれにてただに懐し

わが知らぬ父の過去ありかくのごと人の歴史は葬られんか

宵霧の籠むる利根川未知の世に続く如くに橋の灯ともる

家近き丘にたちたる風車より今宵も低く風切る音す

たちまちに玉蜀黍の丈伸びて梅雨の末期の畑ものものし

難しき父逝き無沙汰なるわれに不平も言はず母一人住む

モーツアルト

シベリアの上空無数の積雲はおのおの上端風
に流るる
ミユンヘンの史上最高気温といふ夕街高く積
雲のあり

限りなく続く牧野のいづこにも暑さに耐へて
牛ら動かず

きはまりて暑き牧野に牛らさへ給水車より水
を飲みをり

旋律を創造しつつこのせまき石階モーツアル
ト登りたるらん

若き日のモーツアルトこの窓に寄り見しか中庭濡らし雨降る

七月のザルツブルグはいたるところ音楽ながれ夕暮長し

座礁船

座礁して船体折れし貨物船波濤のはてに夕日を受くる

荒海に突き刺さるごと一部見え赤き船体に白波の寄る

今日もなほ鹿島灘荒れ座礁船古き砦のごとくうごかず

疾風に飛ぶ波しぶき夕づけば座礁船もろとも
微かにあかし

篝火を焚きし跡あり捜索と取材の喧噪去りし
砂浜

眩　暈

たまさかにもの言ふ娘わが知らぬ最新用語を
たやすく使ふ

いきどほる心のままに職場より通ひて今日も
リハビリを受く

専門の職の自信が失せること女教師われら集
へば語る

準備せし通勤服を見るさへに胸のふさげる今朝の現実

意欲増すといふ薬をぞ飲みしわれ職場に眩暈しつつ働く

たのめなき気を引き締めん思ひして日々スーツにて出勤をする

平成十九年

決　心

退職の決心をしていつよりか薬飲まずに勤めてをりぬ

定年を待たず退職する人ら集ふ会にてわれも
加はる

有利なる老後の生活選ばんと退職準備セミナ
ーに居り

教員の悩み相談多しとぞ他人事としてかつて
思ひき

耐へられぬこの現身は更年期ゆゑにて自らど
うにもならず

弱音言ふことが夫の体調に障ると知りていよ
いよつらし

髪ながきをとめが携帯電話見て歩める子に似
る類型として

退職

久々に強き北風吹く空の風車の群に二月のひかり

やうやくに苦しきときの過ぎんとす日本海の凪を見てをり

明るさを取り戻しゆく自らの変化あらはに三月の逝く

悟りたること少なしと思ひつつ二十九年の教職を辞す

不器用なるわれが五十の齢まで勤めゐたるを幸ひとせん

放たれし心のままに外出し春日に輝く花苗を
買ふ

暇あれば平日の昼買ひ物す安けきごとく不安
の如く

退職をしてたちまちに新しき更年期障害の症
状の出づ

十三年ぶりに変りし通勤路見知らぬ花に春疾風吹く

（講師着任）

新しき通勤の道おどおどと下れば飯岡の海荒るる見ゆ

気丈なる性と思ひて来りしに行き斃れの人助け得ざりき

残雪の山

残雪の山はるかにて先生の歌碑ある川辺午後の風受く

やはらかに日の差し豊かなる丘は先生の生家ありたる所

湯野浜に火の如沈みゆく夕日わが向ふとき
家々光る

両岸のいくつもの滝川面にて聞けばその音あ
らはに迫る

仏の座群れ咲く道は火葬場の跡に続けり残照
のなか

その母の逝きたまひたる家の梁偲びて茂吉生家を離る

風跡をとどめて凍る火口湖の見ゆ吹き上ぐる風に向へば

黄砂

飛行機に乗りてみたしと言ふ母をともなひ五
月の北京に来たり

やうやくに心放たれ母と見る並木のポプラ輝
きやまず

いたるところ古き家屋の毀たれて盛土白く暑
き日に照る

春山と言へど厳しく日の差して支へる母の手
汗ばみてをり

足を病む母がやうやく長城に立てり五月の光
纏ひて

遠く在る連山黄砂にかすみつつわが立つ長城
かわきてまぶし

足よわき母ゆゑ木下に休ましめ涼しき地下の
定陵くだる

階段のかく多きかな母の手をとりて紫禁城半
日めぐる

天壇のうへの中空夕かげり立つごと暗く黄砂
わたれる

黄砂降る空港発ちてたちまちに地上のものみな紛れて見えず

上空の一万メートル窓外はいまだ黄砂が日に映えけぶる

昼餉

登校せぬ子と現役を退くわれと話題なきまま
昼餉に対ふ

犬吠に激しく散る波おのおのに水煙とどまり
風に吹かるる

梅雨の間の白雲の下間近くに動かぬ風車は不
安の形

いつせいに成長しゆく唐黍の畑広ければその
青さびし

幼き日のわが子に似たる子供等がかつて思は
せ空地に遊ぶ

梅雨長けて海霧及ぶころとなり白いたいたし
きわが街帰る

豆腐

父逝きて二年心臓わづらふる母はあやふく命たもてる
（母の手術）

たちまちに明けゆく夏の病室に常念岳見ゆとほくさやかに

ただ一つ母を養ふ食材の豆腐をぞ煮る昨日も
今日も

弱々しき寝息をたてて母眠る今しばらくはそ
ばに居りたし

若きより静かに眠る母なりきかたはらにゐて
呼吸確かむ

一週間母と食事を共にしてたちまちにわが体力の落つ

母の家いよいよ発つ日と覚めをれば畑焼く煙ただよひて来る

おもむろに猛暑も母の病状もをさまりわれの体重の増す

平成二十年

娘

北風のつよき夕べに対岸の波崎の放送あらは
に届く

わが許を離りゆくとき近づきて娘とわれと穏
やかにゐる

車窓にて過ぎゐしのみの街は今子の住む所と
なりて親しも（吉祥寺）

春の日に輝ける街あしたより住む子に幸ひ与
ふる如く

髪を染め化粧濃くなりゐるわが子寮を訪ねてただに見守る

半月をへだて会ひたる子の変化つづまりに子はひとり育つか

娘の部屋出でて疲れしうつしみはしばらく公園に遊ぶ子ら見つ

ゆくりなく街灯ひとつ点りたる刹那のさびし
春の夕ぐれ

教ふるといふ立場より去る今日の生徒らいよ
いよ愛しく思ふ
（講師退任）

銚子上空

地震のあと夜中に案ずるメール有り離り住む
子の変容ひとつ

春宵にとびゐる虫を潰ししがたやすきゆゑに
心のいたむ

三月の残照の空に現れて宇宙ステーション光り近づく

きのふまで日本人飛行士の働きし宇宙ステーションわが上をゆく

空路なる銚子上空飛行機にをりをり紛れ宇宙船過ぐ

宇宙船を見送りて立つ利根川に対岸の灯の反映ながし

しだれ桜

昼の日に輝く桜わが前をもの言ふ如くしきりにて散る

しづかなる風と思ふに川の辺の桜ひたすら散りてゆく午後

雪解けの水をたたふる堰越えて光引きつつ桜散りゆく

いたるところ墓守《も》りて立つしだれ桜安曇野の日に輝き見ゆる

不動堂のうへをおほひて垂《しだ》れたる桜の内にこもる風音

山裾のしだれ桜に風吹けば花びら乱れ草原をとぶ

墓群に花満ち揺るるしだれ桜したがふ影も大きく揺るる

一族の墓群の上ひかり降るごとくにて立つし
だれ桜は

遺　品

夜の更けの厨の鍋にあやしめば秋刀魚の煮物
冷めゆく音す

片づけに来し父母の家晩春の常念岳の青やはらかし

父母《ちちはは》の保ちし家財のありさまは随所にわれの性も見えくる

この家のいづこも父の面影のたちて遺品をふたたび仕まふ

人住まぬ家としなりて一年か荒れし庭にも花
の咲き継ぐ

膨大なる遺品片づけやうやくに父居ぬことを
心に定む

たかだかと空に色づく雲のあり雨の予報の出
でし午まへ

あふぎ見る彩雲ひとときの消長のありてたゆたふ山あひの空

かなしみ

歯科医への道に進み出だしたるばかりにて突然逝きたり君は

饒舌と思ふまで気丈に挨拶をする母君の姿は
悲し

握り返す母君の手の柔らかく人のかなしみの
きはみの如し

梅雨晴の輝く街に不安ありや市立病院閉鎖と
ぞ聞く

幼少より関はりしかば最後なる祭と幾度も夫
出でゆく

遠花火

子の去りし部屋を片づけ母われをおそるる文
章をりをりに見る

かつてわが父を畏れし日々のごと娘もこころ
痛めをりしか

黄に点る橋の灯洩れてゐる水のくろき利根川
潮満つるらし

河口より十キロにあるわが家のほとり遡りゆ
く流れ見ゆ

潮合に広き流れのとどこほり宵岸に寄る波音たゆし

水面の一瞬あかく利根川の広き河口に遠花火映ゆ

子を産めば一生を終る生物のうつつにて更年期苦しみ過ぎる

突然の夫の入院に駆けつけし娘の明るき仕草たのもし

移居

三十五年経て故郷に移り住む冷気の満つる街は変りて

引越のわれらを気遣ひ甲斐甲斐しく娘がいち
にち働き帰る

冬の日の入り果つる白馬連峰に稜線ひととき
つよく輝く

病む三人と常に住まへば折々にとりとめもな
く思ひ乱るる

照る月に自ら影なす片雲のただよふ故郷冷えてゆくらし

三日間寒波続けば眼のあたり山の麓も積雪あらは

遠き山雪の降るらしやはらかに日の差す街に寒風の吹く

いちめんに田起しされて切株の白々光る歳晩
の昼

青靄を麓にたたへ午過ぎの冬日に陰りゆく大《だい》
天井《てんじやう》は

平成二十一年

あかつき

正月を迎へて祝ふ暇もなく家族つぎつぎ病みて伏しゐる

あかつきに吹く風かわき東の山脈と雲青冴え
かへる
夜明け前西空と雪の常念とおのおのしづかに
光を放つ
つつましき朱の光が燕《つばくろ》の頂上に差し朝のはじ
まる

氷点下十度の朝を出かけゆく若者が見え遠き
日返る

救助用ヘリコプターが今日も飛ぶわが街上の
冬空晴れて

遭難せし遺体の帰るといふ朝鹿島槍とほく雪
嶺ひかる

山葵田

収穫の近き山葵田盛り上がり白き覆ひの冬日を返す

おだやかなる二月の午後に砂利の音響きて山葵の収穫をはる

冬木々の間に見えて新緑の山葵積みたるトラックが行く

空と街のあひだに在りて常念の雪山しづけし月光の下

犀川の入江に群るる白鳥と鴨にあまねく昼の日が差す

午後四時に高瀬川より帰り来る白鳥の群犀川に待つ

山葵田に白き小花のあふれ咲き三月をはりの日差を返す

発　作

夜の更に声洩しつつ老母が父の好みし歌を読みゐる

山峡の母のふるさと風に鳴る杉音たえず充ちゐるところ

いちめんの曇に透きて差す春日雪降りつつも窓の辺温し

田の道にをりをり通る人の見ゆ晩年の父眺めゐし窓

薄明を好みし父を偲びつつ日長の夕べひとりこもれる

罪多き吾と思ひてたびたびの夫の発作肯ひ生きん

せはしなき病院の午後わが夫もステント手術のため運ばるる

濃厚に香を放つ白藤のかたはら足病む母と歩める

あまたの実つけたる桜の木の下に母待ちをれば音たてて落つ

病ある夫と母のそれぞれが吾が見ゆる範囲に
生活しゐる

家族らの体調よければ単純に吾のからだも軽
く動ける

かぐや

亡き父の愛せしこの家わが住みて半年やうやく思ひ伝はる

雪山の手前に在りて雪の無き有明山の青いさぎよし

岩多き山ゆゑ雪のはや消えてけふも五竜の嶺に日が照る

六月の落日のあと半天に常念岳のかげながく差す

衛星のかぐやが昨夜落ちしとふ雨あとさやかに照る月を見る

業績の改善したる会社にて残業増えし兄を案ずる

茂りたる山葵田に差す日蝕の光しみつつ青の清けし

日蝕のあはき光の及びゐる山葵農場サイレンが鳴る

野辺山高原

新しく病見つかりたる母を強ひるごとくに旅に誘ふ
（北海道旅行）

体調の安定したるわが夫旅《をつと》にて母の車椅子を押す

曇りたる空に接していちめんの馬鈴薯畑白き
花満つ

幾重にも起伏ある丘甜菜の畑流るるごとくに
続く

風かわく野辺山高原百基たつ電波望遠鏡おの
おのまぶし

新聞の記事ひとつにて他愛なく夏のいちにち
不安に過ぐる

ことごとく太陽に向き百万の秋桜山のふとこ
ろに咲く
（佐久高原）

母方の墓地をおほひて千年を生きたるいちゐ
の大樹は暗し

土葬なる先祖の墓の石の辺にいちゐの赤き実
あまた落ちゐる

気配

われさへや華やかなりし時代あり職退き二年
のたちまちに過ぐ

黄に光る唐松の山をりをりに杉のまじりてさびし緑は

山頂に赤松古りて立つところ落ちて敷く葉の乾くにほひす

誰か来る気配の山路に待ちをれば落葉のうへに葉の落つる音

あたたかき昼の日差に生れたるか寒き夕べの
窓に蚊の寄る

移り住みはや一年か病もつ夫しみじみ言ひて
憩へる

安からず日々を過ごせば去年まで住みゐし街
の記憶はおぼろ

冬畑のとほくに枯草燃す人のあれば近づきゆく人も見ゆ

隣町おほふ雪雲と思ふ間にわが家のめぐり雪降りしきる

終着に近き電車の冷えをりて窓に下弦の月低く見ゆ

済州島

暮れがたき済州島の海朱あはく冬の日沖の雲
におち入る

赤き甕ならべ魚介を商へる朝の日の差す西帰《そぎ》
浦《ぽ》の浜辺

暖帯の木々温帯の木々育ち古りし火口に冬の
日の差す

風さむきサングムブリの草原に悲劇的にて鵲《かささぎ》
の鳴く

朝の日の及ぶ雪嶺襞あをくまぼろしのごと漢《はる》
拏《ら》山《さん》立つ

正房《じょんばん》の滝のかたへに側火山靄にかすみて海
中に見ゆ

漁に依り生きこし島にて水難にかかはる伝説
岩にしのこる

ことごとく熔岩石の垣のある家々点り島暮れ
てゆく

いにしへにマグマ流れし跡といふ洞窟の壁つやめき続く

海に向く低山およそ土葬なる墓にて曇におごそかに立つ

風化せし熔岩洞の入口は昨日降りし雨したたり止まず

平成二十二年

雪　煙

おどろしき実のつきしまま冬枯れて林檎畑の
夕暮れはやし

冬の間にひすがら日陰となる庭の凍土は今日
もかわきて白し

すさまじき寒気の過ぎしをりをりは緊張解け
て生活しゐる

丈たかき赤松のした融雪のしぶきはたえず光
り降りくる

山あひにいきほひ進む雪雲の先端かがやき彩雲となる

あたたかき三月の昼とほき田にいまだ帰らぬ白鳥群るる

春疾風吹きまむかひの常念の頂あらはに雪煙たつ

急速に気温の上がる朝の空遠山のまへ積雲そだつ

三月の氷点下の朝山葵田に雑草の芽を焼く音ひびく

事故

平常の子の声のまま電話受け交通事故とぞ聞きてをののく

事故に遭ふ前後の記憶のなしと言ふ娘を見守る一夜をこめて

つばくろ岳横通し岳常念岳くれなゐの光夜明移らふ

霰降る春の上空とどろきて今日の飛行機おくれ飛ぶらし

山頂の桜やうやく咲き満ちて吹きあげてくる風に音する

山裾になだれ群れ咲く片栗のおのおのおの五月の日に透きとほる

タッチセンサー

春雷のひとつ轟くあかつきに夜すがら吹きし
嵐をさまる

だしぬけに雷鳴る夜更家中のタッチセンサー
の灯がすべて点く

芽吹きゐる林の中に湧き出でて姫川源流水量多し

わが思ふほどにもなくてくつたくのなき子の返事メールに届く

心臓と腎臓と骨粗鬆症病む母けふも医院におくる

街の灯の反映の無き曇天の今宵ゆゑなく落ち
つきがたし
中空にとどこほる雲ほの明し上なる月蝕しの
びてをれば

蛍

漆黒の山あひの原湧くごとく一万の蛍わがめぐり飛ぶ　（辰野町松尾峡）

黒き森はなれて高くとぶ蛍ひかりは星のあひだにうごく

薪能の舞台の向う日の落ちて北アルプスの山なみ青し

日当りのよき窓の辺に巣のあれど今年の夏は蜂ら来《きた》らず

暑さゆゑ散歩のできぬ母と来て大型店舗に買ひものをする

一人居は性に合ふとぞ夏休みに入りても娘は
長く帰らず

御《おん》柱《ばしら》

木《き》落《おと》しのとき迫りゐる茅《ち》野《の》の街ゆく通りには
人の気のなし

をりをりに木遣りの澄みたる声聞こえ木落し
坂に御柱《おんばしら》待つ

おもむろに坂にせり出しどよめきのなか御柱
ひといきに落つ

色のある旗揺れ声あげ男らが乗る御柱いま川
に入る

八ヶ岳おろし吹くなか宮川の土手をいきほひ御柱越ゆ

きしみつつ住宅街を曳かれゆく御柱木屑の道に残りて

山峡の母のふるさと御柱を曳くかけ声のながく響ける

春宮に輝きて建つ御柱これより落ちて亡き人のあり

記憶

日の当たる伊那公園の坂見ればたちまち返る若き日の父母

散りかかる桜の木下とほき日に父が写真を撮りゐしところ　（高遠公園）

けふよりは航空会社の変るとぞ赤き機体が晴天を飛ぶ

新しき就航時刻にわが家の上空響き飛行機のゆく

七年の働き終へて燃えつきる探査機はやぶさ
わが涙出づ

冬の蜂

日本人力士の応援する母の声たかぶりて健や
かに見ゆ

たちまちに冷えゆく安曇野いづこにも今年木槿の花多く咲く

晴天のつづく夜更ぞ家外は籾殻を焼く香のとどこほる

唐松の林に音のみつるごと霧氷の融けてしきりに落つる

朝霧のはるるきざしか立冬のしろき日見えてめぐり輝く

犀川にたつ朝霧のとほく見え三年目の冬やうやく迎ふ

晴天に窓開けやれば出でてゆく冬の蜂ありあはれ力なし

太陽柱

日ののぼる美ヶ原の冬峰に太陽柱といふひかり立つ

東の山脈の端の起き伏しがするどく光り日の昇りくる

遠近のなく水音し冬日差す穂高川の辺山葵田つづく

穂高川あをき流れのほとりにて餌をとる鳶が音なく群るる

常念岳に雪煙たちその影の及ぶ北面おぼろに青し

雲のごとたつ雪煙いただきを越えてみじかく
晴天に消ゆ

おしなべて広く雪雲沈むとき北アルプスのい
ちにち終る

ダイヤモンドダスト

流れつつ晴るる朝霧と思ふ間にダイヤモンド
ダスト突然に降る

ダイヤモンドダスト方向の定まらずせはしく
光るわが家のめぐり

去りたると思へば風に乗りてまた細氷の群つ
よく輝く

乱れつつ吹き上げてくる細氷が開けし窓より
部屋に入りくる

ダイヤモンドダスト吹きゐる畑に出で手に触
るるとき針のごとしも

ダイヤモンドダスト去りたるわが畑に低くた
ちたる蒸気しづけし

平成二十三年

白鳥

氷点下六度の夕べどんど焼を焚く行事にて子等集ひくる

久々に晴れて積む雪ひかる野辺川のほとりに
冬の蚊群るる

雪あつく積む鉢伏のいただきの青き光は満月
に照る

凍りたる水路に注ぐ川あれば水面融けて昼の
日返す

睡眠剤のみゐし母がたちまちに寝息をたつる寒き夜更けに

雪嶺の白馬《しろうま》三山《さんざん》かうかうと昼の日返し青天しらむ

白鳥の低く飛びたち犀川に白き反映まぶしく揺るる

降りたちし白鳥かたみに鳴き交はす冷めやらぬごと羽広げつつ

照り陰りする山のまへ揺れて飛ぶ白鳥の群をりをり光る

早春

ひもすがら風つよく吹き家の内焚きゐる薪の
匂ひ充ちゐる

春一番の風収まりて常念の麓いづこも土手焼
くけむり

早春の北アルプスの暮れてゆく光と影と融く
るごとくに

東の赤き残照とほのくは北アルプスの山影およぶ

東山の白き雪嶺あをき影あかき残照まのあたり見ゆ

伝言ダイヤル

いたたまれなき思ひにて吾さへや震災ボランティアに応募す

われの住む安曇野眼下に広がりぬフォッサマグナのうへなる平

今日もまた災害伝言ダイヤルにつなげど友より伝言の無し

夕方の通勤車の列とほく見ゆ平安の地の営みとして

震災の情報あふるる日々にして現実逃避を勧むる記事あり

心因性難聴

病癒えぬままに娘が戻りゆく後姿をただに見送る

心因性難聴といふ病にてくるしむ子よりまた電話あり

疾風吹く乗鞍岳に雲の影なだれの如く雪崩くだる

滝音の沢音となり疾風がをりをりに吹く乗鞍くだる

麓より桜の並木つづきたる山に病む子と登りて来たり

春更け

春更けの社の森に木遣歌とほりて小野の御柱《おんばしら》たつ

桜咲く里の田に引く川ありて山ふところのみづうみに入る

常念に沈む春の日頂をよこぎりてまたひかり洩れ出づ

かすかなる夕風のたつ山の間に揺るるかたく
りしづまるかたくり

盛り上がるごとくに姫川流れくる五月の桜ち
りゐるほとり

窓の辺に薄羽蜻蛉の骸あり風をさまりし五月
の夕べ

まな下の村いつにても音あはし長峰山に晩春の風

まな下の犀川高瀬川穂高川合流をするあたり波立つ

蕗の束

雨あとに老母の採る蕗の束あたたかくして香のつよくたつ

長雨の止みたる安曇野高空を占めて日暈《にちうん》彩雲まぶし

山麓の森に充ちゐる春蟬のこゑをりをりに消
長のあり

梅雨あけの青田やしなふ水路にてひかりと影
とともに流るる

見慣れたる福祉のバスが到着し降り来る中に
わが母のゐる

突き上ぐる揺れにをののき庭にゐる家族見るため窓にかけ寄る

松本に住む兄の家地震にて大き亀裂の入りたるといふ

先生の墓

富士よりの風の吹くらし線香のけむり流るる
先生の墓

うす曇る富士霊園の午後一時蜩の声ひときは
高し

山麓にあがる花火はことごとく山にし響き空
にとどろく

大雨に水道水の濁りゐて日すがら防災無線の流る

配給の飲料水の大きふくろ占むる厨に食事をつくる

蜻蛉

親しみて名を呼ぶ山々暮れ果てて紺ひと色の
かたち鋭し

晴れわたる九月のひかりスキー場と麓の家々
暑くしづまる

つむじ風去りたる庭の空ひくく蜻蛉狂へる如
く群れ飛ぶ

時ならぬ寒波去りたる刈田にて蜻蛉おのおの
交尾して飛ぶ

それぞれの受難に生くる様の見え救急病棟の
いちにち長し

自らの病恐れてゐる母をなだむるときにわれ
もしづまる

しづかなる村道くだればかたはらの家にて青菜を洗ふ人あり

霜のふる桑畑朝の日のさせばしきりに葉の落つ人ゐるごとく

霜どけの葱畑掘れば出でて飛ぶ虫らせはしく昼日にひかる

平成二十四年

雪雲

ひもすがら北アルプスを覆ひたる雪雲の先端
夕映となる

昼の日のあまねき上空ひと群の白鳥がゆく羽
透りつつ

太陽の出でぬ日多きこの冬のわが家の薪たち
まちに減る

大町の川のほとりに光りつつ薄の霧氷が風に
落ちゐる

昼すぎの白馬の山々雲のわきなだるるごとく
みな下りくる

家庭出でて人と交はることの無き母の物言ひ
父に似てをり

スーパームーン

冷えしるき冬の終らんわが知己の尉鶲今年は
遅れて来たり

低気圧去りたる南の高空にスーパームーン輝
きの冴ゆ

中空の月はいよいよ輝きて北アルプスの残雪
が顕つ

昼日さす田中を帰れば水はやき水路に五月の光が弾む

わが街に北に帰らぬ鴨ら棲み道を行くときをりをりに会ふ

金環日蝕

日蝕の進みてくればわが畑の葱苗の影透るごと立つ

蝕すすむときわが屋根に巣ごもれる雀の雛がしきりにさわぐ

わが家の柿の若葉に日のもれて蝕のかたちは壁にするどし

ふさぎゐる母伴ひて来し白馬母の生家に似たる里ゆく

湖を見せんと母を支ふればその柔らかき腕におどろく

もろもろの思ひを払ふごとくにて裏の桑畑打ちて雨降る

領土事情

すさまじき雷雨となりて家裏の水路の氾濫窓
にをののく
大量の水に流され家裏の水路の橋がたちまち
になし

黄の稲田青き大豆の畑つづき昼の安曇野ひろく輝く

今年また夏の疲れの出づるらし慣れざる職場に眩暈をしつつ

あらためて敗戦国にわが在りと思ひてゐたり領土事情は

籾摺機のとどろく音のここちよし勤めに疲れ
帰る道の辺

放射霧

ひんがしの明るき青空滝雲が夕べの峰を越え
くだりくる

放射霧みつるゆくてに日の差して莢《さや》みな光る大豆の畑は

自転車に行くわが顔に刺激ありダイヤモンドダストの煌めきの中

移り住み五年目となる冬迎ふダイヤモンドダスト再び降りて

里ちかき山の中腹積む雪の今朝凍てつきて猛
だけしく見ゆ

生日のあかつきの空金色の太陽柱がたかだか
と立つ

平成二十五年

ハムスター

雪の積む庭に洗濯物干せばたちまち湯気のいきほひ上がる

トンネルに続く高速路のうへに団地のごとく
作業小屋立つ
（笹子トンネル事故）

ことさらに寒きこの冬の諏訪湖にて氷の起伏
は低く渡れる
（御神渡《おみわたり》）

雪の降る山葵農場湧水より蒸気のたちて低く
けぶれる

平安のよすがに子の飼ふハムスター歯を研ぐ
音が今宵も聞こゆ

人間の病気を全て持つといふハムスター飼へ
ば常に病みゐる

湯たんぽの残り湯により菜を洗ひ移居五年目
の春をかく待つ

春宵のくろき山ぎはパンスターズ彗星白き尾をひき沈む

フランス菊

潮けぶる屏風ヶ浦の夕海の沖に発電風車がまはる

うつくしく北アルプスの見ゆる朝高速道にて
死亡事故あり

春庭につぶての如く飛び来ては雀ら草の種を
啄む

雪どけの川いま田中をめぐりゐる水多ければ
しづかに流る

雨曇る常念岳より風吹きてフランス菊が畔に
揺れゐる

遭難者の埋れゐるらん雪山が街の通りのゆく
てに光る

生誕百年

わが父の生誕百年赤光の刊行百年思ひかぎりなし

わが歌に親しむ由縁は父にして生誕百年あらたに悼む

降り立てる茂吉記念館前駅に続く梨畑みどりうるほふ

めのまへに飛ぶ岩つばめ穂高岳の展望台に冬を越すとぞ

葉の落ちて黄に透りたる熟麦の畑おごそかなる明るさに満つ

はやばやと梅雨あけとなり照る田畑めぐる水
路のいまだ濁れる

白檜曾の森

夏畑にたちまち大豆の苗育ちおのおのすでに
黄の花をもつ

はばかりのなき声にして雉鳩が柿の木に鳴く
朝わびしも

この夏のつよき日差に安曇野の露地の山葵が
枯るるとぞいふ

着任の子を送りこし温泉街県外車両のつぎつ
ぎ登り来

（白骨温泉）

深谷に桂大樹がいち早く黄の葉を落とすくだりて来れば

白檜曾《しらびそ》の群れ生ふ乗鞍夕光の及ぶなだりは幹みな光る

転居して知己なき夫がこの日頃蛍育つる会に出でゆく

冬晴の大豆畑の間《あひ》ゆけばしきりに莢のはじくる音す

谷《たに》間《あひ》に見えて子の住む温泉街冬の午後はや山陰に入る

後記

第一歌集を上梓してから二十年、本集には平成六年から二十五年まで、齢にすると三十九歳から五十八歳までの作品六百五十八首を収めた。

本集の前半は、居住していた銚子の利根川周辺が作歌の舞台となり、後半は、移居先の信州安曇野にての矚目が中心となっている。この間、短歌への関心を開いてくれた父が死去したこと、更年期障害や軽度の鬱症状から教職の早期退職に至ったこと、夫や母の病気等の現実が私にとっては大きな出来事であり、本集の事件的具体の中核となっている。後半は、信州における北アルプスなどの大自然を歌ったものや郷土の祭、パートタイマー職の通勤路にての矚目が主となっている。これらの作品を通して、どの程度私の生が詠嘆できているか、詩に昇華できているか、炯眼の士の助言を待つところである。

第一歌集『川風』の後記に、積極的に対象を観る態度を課題としてその後の覚悟を示したが、一時はむしろ単調な作歌姿勢に陥るばかりであった。しかし平成十九年から毎年挑戦してきた歩道賞応募をきっかけとしてその怠惰はやや改善することとなり、以前より徹底した見方を試み、切実に詠嘆しようとする気概が生まれてきた。宇宙ステーションやダイヤモンドダスト、北アルプスなどとの新たな出会いに真摯に向かう作歌態度を志して今に至っている。

現在の課題としては、歌人佐藤佐太郎や直接の師である歌人秋葉四郎の作品の精深な観入や的確な表現を目指しているが、対象を個性的に把握する力や積思、作者の影を表現する技術等の不足により、安易な吐露に終わっている現状からの脱却である。

最近は、佐藤佐太郎の短歌について学び、我見で拙いながらも結社誌に文章を書く機会を与えていただいたり、「歩道」の東京歌会にて抒情短歌のあるべき姿を教えていただく場を得るなど、幸運な状況にある。このチャンスに感謝し、今後も結社「歩道」に所属していることの意義をかみしめながら、真の詩情と実相の本質を捉え、確かに表現していく短歌の本道を目指して歩んでいきたい。

最後に、この三十五年間、常に温かなお励ましとご教示をくださっている秋葉四郎先生に、言葉に尽くせないほど深く感謝申し上げる。本歌集を編むについても、ご繁忙のなかご懇切なお導きを賜り、歌集名「ダイヤモンドダスト」も例示してくださった中から選ばせていただいた。更に身に余る帯文まで賜り、重ねて深謝申し上げる。また、移居により遠く離れた千葉の「マルタの会」や全国の「歩道」の歌友の皆様にも、いまだご厚情を戴き感謝申し上げる。

更に現代短歌社の道具武志様、今泉洋子様には出版に当たってご配慮いただき、心より御礼申し上げる。

また、身近にあって、歌材の提供や作品の整理に尽力してくれた夫にも感謝してやまない。

平成二十六年一月

樫井礼子

著者略歴

樫井礼子（かしいれいこ）
昭和30年　長野県に生れる
昭和54年　歩道短歌会入会　佐藤佐太郎に師事
平成５年　「短歌現代新人賞」受賞
平成７年　第一歌集「川風」刊行
平成23年　「歩道賞」受賞
日本歌人クラブ会員
現代歌人協会会員

歌集　ダイヤモンドダスト

平成26年３月28日　発行

著　者　樫　井　礼　子
〒399-8101　長野県安曇野市三郷明盛2380-2
発行人　道　具　武　志
印　刷　㈱キャップス
発行所　現　代　短　歌　社

〒113-0033　東京都文京区本郷1-35-26
振替口座　00160-5-290969
電　話　03（5804）7100

定価2500円（本体2381円＋税）
ISBN978-4-86534-017-4 C0092 ￥2381E